Luis Sepúlveda
Tagebuch eines sentimentalen Killers

Roman

Aus dem chilenischen Spanisch von
Willi Zurbrüggen

Kampa

Die Originalausgabe erschien erstmals 1997 in einem
Sammelband mehrerer Autoren unter dem Titel *Diario de un
killer sentimental* im Verlag Espasa, Madrid, und dann, in leicht
veränderter Form, 1998 im Verlag Tusquets, Barcelona.
Die deutsche Erstausgabe erschien 1999 im Verlag
Carl Hanser Verlag, München und Wien.

Für den Blick hinter die Verlagskulissen:
www.kampaverlag.ch/newsletter

Covergestaltung und Satz: Herr K | Jan Kermes, Leipzig
Covermotiv: Komposition aus © Shutterstock / Alenka
Karabanova und © Shutterstock / pokki77 von Kamil Kuzin
und Hannah Kolling, Büro für Gestaltung, Hamburg
Druck und Bindung: CPI books, GmbH, Leck
Auch als E-Book erhältlich
ISBN 978 3 311 12522 8

Ein schlechter Tag

Der Tag fing schlecht an. Ich bin zwar nicht abergläubisch, aber an solchen Tagen, glaube ich, sollte man besser keinen Auftrag annehmen; selbst wenn die Prämie siebenstellig und steuerfrei ist. Der Tag fing schlecht an, und spät. Als ich in Madrid landete, war es achtzehn Uhr dreißig und höllisch heiß. Der Taxifahrer, der mich ins Palace brachte, ging mir mit seinem aufdringlichen Geschwätz über den Europacup auf die Nerven. Ich hätte nicht übel Lust gehabt, ihm den Lauf einer Fünfundvierziger in den Nacken zu drücken, damit er endlich das Maul hielt; aber ich hatte kein Schießeisen dabei, und außerdem legt man sich als Profi nicht mit Kretins an, auch wenn sie als Taxifahrer daherkommen.

An der Hotelrezeption gab man mir die

Schlüssel sowie einen Umschlag, den ich im Fahrstuhl öffnete. Darin lag das Foto, auf dem sechs Typen zu sehen waren, jung, gut gekleidet, alle zwischen dreißig und vierzig Jahre alt, keiner unterschied sich groß vom andern. Mich interessierte jedoch nur der, dessen Kopf mit einem roten Filzschreiber eingekreist war. Das war mein Mann, und er gefiel mir gar nicht. Die Bildunterschrift lautete: *Third Encounter of Non Governmental Organizations*, NGO. Sie gefiel mir ebenso wenig. Ich habe Philanthropen noch nie ausstehen können, und der Typ stank förmlich nach modernem Menschenfreund. Ein Minimum an Berufsethos verbietet die Frage nach dem, was die Typen, die man liquidieren soll, sich zuschulden kommen lassen haben; doch als ich das Foto betrachtete, verspürte ich Neugier, und das ärgerte mich. Sonst war nichts in dem Umschlag, und so sollte es sein. Ich musste mich mit diesem Gesicht vertraut machen, jede Einzelheit herausfinden, die seine Stärken oder Schwächen verriet. Das Gesicht eines Menschen lügt nicht; es ist die einzige Landkarte, auf der alle Regionen verzeichnet sind, die wir einmal bewohnt haben.

Ich gab dem Hotelboy, der meinen Koffer aufs Zimmer getragen hatte, gerade ein Trinkgeld, als das Telefon klingelte. Ich erkannte die Stimme des Mannes, der mir die Aufträge gab. Ich hatte ihn noch nie zu sehen bekommen und wollte es auch nicht, denn so ist es unter Profis üblich; aber an seiner Stimme würde ich ihn in jeder Menschenmenge erkennen.

»Hast du eine gute Reise gehabt? Hat man dir den Umschlag übergeben? Tut mir leid, dir den Urlaub verderben zu müssen«, sagte er anstelle einer Begrüßung.

»Ja auf die beiden Fragen, und das Letzte glaube ich dir nicht.«

»Du reist morgen ab«, sagte er. »Ruh dich aus.«

»In Ordnung«, sagte ich und legte auf.

Ich warf mich aufs Bett und schaute auf die Uhr. Noch fünf Stunden bis zur Landung der Maschine, mit der meine Kleine – was für eine bescheuerte Bezeichnung – aus Mexiko kam, und ich stellte sie mir von der veracruzanischen Sonne knusprig gebräunt vor. Ich hatte ihr eine Woche Madrid versprochen, bevor wir nach Paris zurückkehrten. Eine Woche in Buchläden herumstöbern und Museen besuchen; so was liebte sie, und ich nahm es mit unterdrücktem Gähnen hin, denn diese Kleine – wirklich bescheuert, die Bezeichnung – hatte mir das Hirn weich gekocht. Ein Profi lebt allein, und für die Bedürfnisse des Körpers liefert die Welt draußen eine reiche Auswahl an Nutten. Ich habe dieses frauenverachtende Gebot immer konsequent eingehalten.

Immer. Bis ich sie kennenlernte.

Es war in einem Café am Boulevard Saint-Michel. Alle Tische waren besetzt, und sie fragte, ob sie sich auf einen Kaffee an meinen setzen könne. Sie hatte einen Packen Bücher dabei, den sie auf die Erde legte, bestellte einen Espresso und ein Glas Wasser, nahm eines der Bücher und begann, mit einem Marker Sätze anzustreichen.

Ich vertiefte mich wieder in meine Seite mit den Pferdewetten.

Plötzlich unterbrach sie mich und bat um Feuer. Ich hielt ihr die Hand mit dem Feuerzeug hin, und sie umfasste sie mit beiden Händen. Sie wollte es wissen, die Kleine. Es gibt Frauen, die können ihrer Lust auf Bumsen Ausdruck verleihen, ohne ein Wort zu sagen.

»Wie alt bist du?«, fragte ich.

»Vierundzwanzig«, antwortete sie mit ihrem kleinen roten Mund.

»Ich bin zweiundvierzig«, gestand ich mit einem Blick in ihre Mandelaugen.

»Ein junger Mann«, log sie mit dem ganzen Fieber ihrer Bewegungen beim Rauchen, während sie das Haar zurückstrich, das die Farbe reifer Kastanien hatte und so glatt und geschmeidig war wie Wasser, das über moosbedeckte Steine plätschert.

»Willst du vor dem Bumsen essen oder hinterher?«, fragte ich und winkte dem Kellner, um zu zahlen.

»Iss mich und bums mich in der Reihenfolge, die dir lieb ist«, antwortete sie und hielt sich an ihren Büchern fest.

Wir verließen das Café und gingen in das erste Hotel, das wir fanden. Ich kann mich nicht erinnern, jemals mit einem so unerfahrenen Mädchen zusammen gewesen zu sein; sie wusste nichts, aber sie war scharf darauf, zu lernen. Und sie lernte. Sie lernte so gut, dass ich die elementare Regel des Alleinseins verletzte und ein Killer mit fester Freundin wurde.

Sie wollte Übersetzerin werden, und wie alle Intellektuellen war sie naiv genug, jedes Märchen zu glauben, das man ihr auftischte, sodass ich ihr ohne Mühe einreden konnte, ich sei Repräsentant einer Fluggesellschaft und müsse daher viel reisen.

Drei Jahre mit ihr zusammen. Sie entwickelte sich rasch zur Frau, ihre Hüften erblühten vom puren Gebrauch, ihr Blick wurde durchtrieben, sie lernte, dass Lust im Fordern besteht, fand

Gefallen an der Seide, die ihren Körper einhüllte, an teuren Parfüms, an Restaurants, in denen die Kellner so vornehm wie Botschafter waren, und an Designer-Schmuck. Sie tat einen guten Schritt vom Mädchen zur Frau.

Und ich verletzte in der Zwischenzeit verschiedene Sicherheitsregeln; vor allem jene, die verlangt, allein zu leben, anonym zu bleiben, unerkannt, nur ein Schatten zu sein. So wurde aus dem Apartment, in dem ich die Aufträge entgegennahm, mein Büro, in das ich jeden Morgen ging, während wir für die Abende und Nächte eine gemeinsame Wohnung genommen hatten, die schon bald den Geruch von bürgerlichem Heim annahm, da uns dort ihre Freunde besuchten und Feste gefeiert wurden. Im Lauf dieser drei Jahre erledigte ich mehrere Aufträge in Asien, den USA und Lateinamerika, und ich glaube, ich verbesserte mich als Profi sogar, weil ich schnell zu Werke ging, um bald wieder bei ihr sein zu können. Wie gesagt: Sie hatte mir das Hirn weich gekocht.

Gegen neun beschloss ich, außerhalb des Hotels essen zu gehen und mir einen Gin zu genehmigen. Ich wusste, es würde ihr nicht gefallen, dass ich sie in Madrid allein ließ. Ich hatte ihr einen Monat Urlaub in Mexiko bezahlt, damit sie außer Reichweite war, während ich einen Job in Moskau erledigte. Ein paar Russen hatten sich mit jemandem vom Cali-Kartell angelegt, und dieser Jemand beauftragte mich, ihnen klarzumachen, dass sie nur ein paar blutige Anfänger waren. Nein, es würde ihr gar nicht behagen, dass ich sie in Madrid allein ließ. Nun, nach der zweiten oder dritten Nummer würde ich es ihr sagen. Nachdem ich mir in einem galizischen Restaurant den Bauch mit Krabben und Muscheln vollgeschlagen hatte, unternahm ich einen langen Spaziergang um den Prado herum. Ich sollte eigentlich nicht an diesen Typ auf dem Foto denken, aber er ging mir nicht aus dem Kopf. Ich kannte weder seinen Namen noch seine Staatsangehörigkeit, aber etwas sagte mir, dass er Lateinamerikaner war und dass unsere

Wege sich wohl oder übel bald kreuzen würden.

»Der Typ ist ein Job wie jeder andere, mehr nicht. Ein Job, der dir einen Scheck über eine siebenstellige Zahl bringt, steuerfrei, sobald der Typ nicht mehr schnauft; also hör auf, dir das Gehirn zu zerbrechen«, ermahnte ich mich, als ich eine Bar betrat.

Ich bestellte einen Gin und beschloss, meine Gedanken zu klären, indem ich auf den Fernseher starrte, der an der Decke hing. Auf dem Bildschirm nahm eine dämliche Dicke Telefonate von dämlichen Anrufern entgegen und ließ dann eine Lostrommel kreisen. Die Preise waren nicht ganz so dämlich wie die Teilnehmer der Auslosung. In einer Programmpause füllte sich der Bildschirm mit Mädchen in Miniröcken, die mich an meine französische Braut erinnerten. Keine zwei Stunden mehr, bis die Maschine mit ihr landete. In etwa zweieinhalb Stunden hätte ich sie dann bei mir im Hotel. Abholen konnte ich sie nicht, da eine der Sicherheitsregeln besagt, internationale

Flughäfen tunlichst zu meiden. Die Möglichkeit, dass uns jemand erkennt, ist zwar gleich eins zu einer Million, aber Murphys Gesetz schwebt wie ein Fluch über uns Profis.

Zwei Gläser lang hielt ich es vor dem Fernseher aus, dann zog ich ab. Die dicke Glücksfee hatte den Typ vom Foto nicht aus meinen Gedanken vertreiben können. Was zum Teufel war mit mir los? Ich hörte mich schon meinen Auftraggeber fragen, was der Mann angestellt hatte. »Ich will wissen, warum ich ihn umlegen soll.« Lächerlich. Der einzige Grund war ein Scheck über eine siebenstellige Zahl. Ich war mir sicher, ihn noch nie gesehen zu haben. Und selbst wenn, so änderte das nichts. Ich hatte einmal einen Mann liquidiert, den ich auf eine gewisse Art sogar schätzen gelernt hatte. Aber er hatte es nicht anders gewollt, und als er mich kommen sah, wusste er, dass es für ihn kein Entrinnen gab.

»Es ist so weit, stimmt's?«, fragte er.

»So ist es. Du hast einen Fehler gemacht, und du weißt es.«

»Trinken wir ein letztes Glas miteinander«, schlug er vor.

»Wie du willst.«

Er schenkte zwei Whisky ein, wir stießen an, er trank und schloss die Augen. Er war ein anständiger Kerl, und ich sorgte dafür, dass ich ihn mit dem ersten Stück Blei von der Liste der Lebenden strich.

Was zum Teufel kümmerte mich der Typ von dem Foto? Er arbeitete offensichtlich für eine NGO, aber von dieser Seite kam der Auftrag nicht. Keine NGO verfügt über so viel Geld, dass sie die Dienste eines Profikillers in Anspruch nehmen kann; und ich glaube auch nicht, dass sie sich ihre Probleme auf diese Weise vom Hals schaffen.

Schlecht gelaunt machte ich mich auf den Rückweg ins Hotel. Die Nacht war immer noch heiß, und ich freute mich auf meine französische Braut. Wenigstens würde ihr die Hitze von Veracruz nicht fehlen. Sie liebte es, wenn ich ihr in den Hals biss, und ihr gebräunter Körper würde eine Einladung sein, von oben bis unten hineinzubeißen. »Na also«, sagte ich mir, »du denkst ja schon wieder wie ein ganz normaler Mann.«

An der Rezeption bat ich um meinen Zimmerschlüssel und stellte fest, dass ein weiterer Umschlag für mich angekommen war. Das gefiel mir nicht. Mein Kontaktmann schickte mir nie schriftliche Anweisungen. Im Zimmer nahm ich ein Bier aus der Minibar und öffnete den Umschlag. Es war ein Fax aus Mexiko von meiner französischen Braut.

»Warte nicht auf mich. Es tut mir leid, aber ich komme nicht. Ich habe einen Mann kennengelernt, der mich die Welt mit ganz anderen Augen sehen lässt. Ich liebe Dich, aber ich glaube, ich habe mich in ihn verliebt. Ich werde noch zwei Wochen in Mexiko bleiben, bevor ich nach Paris zurückkomme. Da besprechen wir dann alles. Ich möchte für immer bei ihm bleiben, aber Deinetwegen komme ich zurück, weil ich Dich liebe und wir über alles sprechen müssen. Ich küsse Dich.«

Regel Nummer eins: Lebe allein und hole dir,

was der Körper verlangt, von einer Nutte. Ich ließ mir eine Tageszeitung aufs Zimmer bringen und suchte im Anzeigenteil unter der Rubrik *Entspannung*. Nach einer halben Stunde klopfte es an der Tür. Ich öffnete und ließ eine Mulattin herein, mit der die ganze Hitze der Karibik ins Zimmer wehte.

»Das macht dreißigtausend im Voraus, mein Süßer«, sagte sie, während sie einen Blick in die Minibar warf.

»Hier sind hunderttausend; aber nur, wenn du brav bist.«

»Ich bin immer brav, Papacito«, erwiderte sie, wobei sich ihr großer roter Mund in die Breite zog.

Und das war sie. Die angenehme Wirkung der Krabben und Muscheln in meinem Bauch verflog nach der dritten Runde, und während sie sich anzog, sagte sie: »Du bist so schweigsam gewesen, mein Süßer. Ich mag es, wenn man mir Schweinereien ins Ohr flüstert. Bist du immer so?«

»Nein. Aber heute habe ich einen schlechten

Tag gehabt. Einen verdammt schlechten Tag. Einen richtig beschissenen Tag«, sagte ich, weil dies die Wahrheit war; die verdammte beschissene Wahrheit.

Als die Mulattin das Zimmer mit hunderttausend Peseten und dem heißen Wind der Karibik verlassen hatte, rief ich in der Bar an und bestellte mir eine Flasche Whisky.

Und so verbrachte ich die Nacht jenes Tages, der schon schlecht angefangen hatte, vor der ungeöffneten Flasche, trotz einer wahnsinnigen Lust, mich zu betrinken, und sprach mit dem Foto des Typen, den ich liquidieren sollte, denn Profi bleibt Profi, auch wenn man ihm die Frau ausgespannt hat.

Ein Mörder,
der von Treue spricht

Ich weiß nicht, was du getan hast, aber du bist am Arsch, mein Freund. Vielleicht tröstet es dich, wenn ich dir sage, dass dich einer ins Jenseits befördert, der genauso am Arsch ist wie du. Das Merkwürdige dabei ist, dass ich dich beneide, denn für dich ist alles vorbei, sobald ich dir ein paar Stücke Blei verpasst habe. Aber ich, mein Freund, muss weiterleben.« Gerade wollte ich den Typ auf dem Foto fragen, was für ein Mensch er war und ob er mich schon erwartete, da wurden meine Gedanken durch das Klingeln des Telefons unterbrochen. Bevor ich abnahm, zog ich die Gardinen zurück und öffnete die Fenster, um den Qualm der hundert Zigaretten hinauszulassen, die ich in der Nacht geraucht hatte. Es war schon Tag, und das helle Licht Madrids drang schmerzend in meine Augen.

»Gut geschlafen?«, begrüßte mich die Stimme meines Kontaktmannes.

»Hast du was für mich?«, fragte ich.

»Probleme. Schwere Probleme. Zu viele Probleme«, seufzte er.

»Mein Koffer wird so viel Übergewicht kaum verkraften. Du weißt, dass ich heute abreise«, erinnerte ich ihn.

»Sicher. Aber vorher triffst du dich mit einem Boten in der Hotelbar. Er kommt Punkt zehn und fragt nach Turis-Sol, deren Geschäftsführer du ja bekanntlich bist. Um Viertel nach zehn melde ich mich wieder.«

»Aha.«

Das war mein ganzer Kommentar. Ich schaute auf die Uhr. Es war erst neun, und so stellte ich mich unter die Dusche und ließ den kalten Wasserstrahl lange auf mich niederrauschen.

»Na ja. Eines Tages musste es passieren. Sie ist jung, und bei dir geht es schon bergab. Warum zum Teufel quälst du dich damit? Du hast eine richtige Frau aus ihr gemacht, also hör auf zu jammern«, sagte aus dem Spiegel ein nackter Typ zu mir, der mir glich wie ein Zwilling.

»Ich jammere nicht. Ich kann verlieren; aber Untreue ertrage ich nun mal nicht«, antwortete ich ihm, während wir uns mit demselben Rasierschaum einseiften.

»Ein Mörder, der von Treue spricht. Du bist ein Idiot«, erwiderte er und hob ein Rasiermesser an die Wange, das genauso aussah wie meines.

Punkt zehn war ich in der Bar des Palace und bestellte mir ein Hühnersandwich und ein Bier. Der Bote kam pünktlich. Ein Junge um die achtzehn, der wie Miguel Indurain gekleidet war und ein Schild von Turis-Sol hochhielt, als wäre es die Trophäe der Tour de France.

Er übergab mir einen Umschlag und bedankte sich für die tausend Peseten Trinkgeld, indem er eine Hand an die Schläfe hob. Ich ging mit dem Sandwich, dem Bier und dem Umschlag wieder auf mein Zimmer.

Während ich auf den Anruf meines Kontaktmannes wartete, öffnete ich den Umschlag. In
ihm befanden sich fünf Fotografien von dem
Typ, an den ich fast die ganze Nacht hingeredet
hatte. Die erste zeigte ihn, wie er aus einem
Auto stieg, einem blauen Mercedes mit einem
Kennzeichen aus Lima. Sein Haar war braun
oder dunkelblond und ein ganzes Stück länger
als auf dem Foto, das ich schon kannte. Die
zweite war auf einem Golfplatz aufgenommen
und zeigte ihn in Abschlagsposition. Ein klein-
wüchsiger Caddy deutete auf etwas in der Ferne,
doch die Waldlandschaft im Hintergrund sagte
mir nichts. Das dritte Foto zeigte ihn beim Be-
treten eines Hauses in einer Straße, die ich in
Südamerika oder Mexiko vermutete. Über der
Tür befand sich ein Schriftzug, von dem der
Fotograf aber nur das Wort *Leben* aufs Bild
gekriegt hatte. Das vierte war beinah identisch
mit dem, das ich am Vortag bekommen hatte.
Derselbe Tisch, nur mit anderen Leuten und
einer anderen Bildunterschrift: *Second Encoun-*

ter of Non Governmental Organizations, NGO.
Auf der letzten Fotografie erkannte ich ihn nur
mit Mühe. Sein Haar war schwarz, und er trug
einen Stoppelbart. Etwas störte mich an dem
Foto, und ich trat ans Fenster, um es mir ge-
nauer anzusehen. Ich erkannte die Umgebung
sofort, denn sie hatten ihn fotografiert, als er
gerade am Buchladen El Péndulo in der Colonia Condesa mitten im riesigen Mexiko, D. F.,
vorüberging. Aber nicht das war es, was mich
störte, sondern etwas, was für jeden sichtbar
seinen Hosenbund ausbeulte. Der Typ trug
einen orangefarbenen Pullover und Jeans, und
entweder war sein Riemen so lang, dass er ihn
mit dem Gürtel festbinden musste, oder er trug
eine Kanone unter dem Pullover. In diesem
Augenblick klingelte das Telefon.

»Hast du die Pläne bekommen?«, fragte mein
Mittelsmann.

»Ja, und ich glaube, das Terrain ist so weit vorbereitet«, antwortete ich.

»Die Auftraggeber legen Wert auf tadellose

Arbeit; eine Arbeit, die außerdem in Erinnerung bleibt.«

»In Ordnung. Wann reise ich ab?«

»Du wirst ein paar Tage warten müssen. Das wichtigste Material fehlt uns noch.«

»Ist gut. Ich fliege heute nach Paris. Ruf mich dort an«, sagte ich und legte auf.

Der Bursche war also verduftet. »Das wichtigste Material fehlt uns noch.« Wo zum Teufel konnte er stecken? Und die Auftraggeber wollten einen Tod, den niemand vergaß. Das war nicht gerade die Art von Auftrag, um die ich mich riss. Der letzte Job, den ich auf diese Weise erledigt hatte, war in Los Angeles gewesen, bei einem Typ, der vergessen hatte, seine Schulden zu bezahlen. Ich musste zwei Leibwächter umlegen, um in sein Haus zu kommen; Extra-Arbeit, die natürlich nicht auf der Rechnung erschien. Ich hängte ihm eine Bombenattrappe um den Hals, rief die Bullen, die Feuerwehr und den Notarzt an, und als ich ging, verpasste ich ihm sieben Kugeln in den linken Oberschenkel. Er verblutete, während er um Hilfe schrie, denn aus Angst vor der Bombe wagte sich niemand an ihn heran.

Und jetzt der Freund auf dem Foto. Er hatte offenbar eine Todsünde begangen, und er war geschickt. Mein Kontaktmann ruft mich nur an, wenn das Ziel perfekt auszumachen ist, denn mein Job ist es, hinzugehen, zu töten und zu verschwinden. Das Aufspüren ist Sache von Privatschnüfflern.

Ein Foto in Peru, ein anderes in Mexiko. Der Gedanke an eine Abrechnung im Kokaingeschäft war zu simpel. Solche Dinge wurden außerdem von jungen Lohnkillern erledigt, es sei denn, der Übeltäter war ein VIP. »Komm schon, komm schon, Bruder«, sagte ich und betrachtete die Fotos, »was hast du in Mexiko und Peru verloren? Oder besser gefragt, was hast du in diesen beiden Ländern gefunden? Und was hat es zu bedeuten, dass du auf zwei NGO-Kongressen den Menschenfreund spielst? Vielleicht erklärst du es mir, wenn deine Stunde schlägt. Ich glaube, wir werden reichlich Zeit für eine interessante Unterhaltung haben.«

Ich bezahlte gerade meine Rechnung, als der Mann am Empfang mir mitteilte, für mich komme ein Ferngespräch herein. Die Telefonkabine war die reinste Sauna, und es wurde noch heißer, als ich die Stimme meiner französischen Braut erkannte.

»Wie geht es dir?«, fragte sie mit unsicherer Stimme.

»Ich schwitze«, antwortete ich.

»Konntest du schlafen?«, fuhr sie fort, diesmal mit besorgter Stimme.

»Und wie. Eine Mulattin hat mir hunderttausend Peseten abgeknöpft und einen halben Liter Samen. Das ist besser als Valium«, sagte ich ohne jede belehrende Absicht.

»Ich bringe seit drei Tagen kein Auge zu«, gestand sie mir, und ihre Stimme klang tränenerstickt.

»Tut mir leid. Durchs Telefon kann ich dich schlecht bumsen, aber wenn das dein Problem ist, nimm deine American-Express-Karte und kauf dir einen mexikanischen Stricher«, riet ich ihr und hängte ein. Doch noch auf die winzige Entfernung, die der Hörer von meinem Ohr zum Apparat zurücklegte, füllte sich die Kabine mit ihrem Weinen und ihrem »Bitte, Liebster, hör mir zu«, das mir ebenso hartnäckig auf der Haut haften blieb wie der Schweiß.

Auf dem Weg zum Flughafen musste ich wieder einen dieser geschwätzigen Madrider Taxifahrer ertragen.

»Was sagen Sie zu den spanischen Stieren?«, startete er seinen Angriff.

»Kommt darauf an, wie sie gebraten sind«, erwiderte ich.

»Mann, ich rede vom Stierkampf, von Toreros und dem Ganzen, verstehen Sie?«

»Und ich rede von gebratenen Hoden, Stierhoden, verstehen Sie?«

Er schien zu verstehen, denn nachdem er noch kurz einen bestimmten Matador besungen hatte, dem die Frauen Büstenhalter in die Arena warfen, fing er an, über Marokkaner, »Neger«, »Zigeuner«, Südamerikaner und die ganze Menschheit herzuziehen, die nicht seinem Ebenbild des kleinen schmierigen Europäers entsprach. Einmal mehr bedauerte ich, dass ich keine Fünfundvierziger in der Hand hatte.

Bevor ich auf dem Flughafen eincheckte, ging ich in den Waschraum, um das Hemd zu wechseln. Im Spiegel trocknete sich ein Typ, der mir zum Verwechseln ähnlich sah, das Gesicht mit Papierhandtüchern, die ihm ein stiller hagerer Mann gegeben hatte, der genauso aussah wie der Mann neben mir.

»So schlimm ist es auch wieder nicht«, sagte der Typ im Spiegel.

»Ich weiß gar nicht, wovon du sprichst«, erwiderte ich.

»Verzeihung?«, säuselte der dünne Handtuchmann.

»Du bist nicht gemeint«, fuhr ich ihn an und schob ihn zur Seite.

»Siehst du, in welchem Zustand du bist? Beruhige dich. Weiber wie sie gibt es doch wirklich zuhauf. Du hast noch jede Menge Zeit. Also gib dein Gepäck auf, und genehmige dir erst mal einen ordentlichen Gin«, riet mir der Zwilling aus dem Spiegel.

Ich befolgte seinen Rat.

Ich folge seinem Rat meistens; besonders, wenn es ein beruflicher ist. Ich erinnere mich an einen Auftrag, den ich Mitte der achtziger Jahre zu erledigen hatte. Es ging darum, einen Industriellen aus Austin, Texas, zu liquidieren. Der Typ war äußerst raffiniert und hatte die beste aller Möglichkeiten gefunden, sich auf seinen Wegen ins Büro und wieder zurück zu schützen: Er fuhr inmitten einer Schar von Kindern im Schulbus. Die texanische Presse sprach bewundernd über diesen Wohltäter, der auf seine Limousine verzichtete und den Schultransport bezahlte. Kein Wort natürlich davon, dass dieser Schweinehund die Kinder als Schutzschild missbrauchte.

»Ich will keine Kinder umbringen, aber was

soll ich tun, in seinem Büro ist er unangreifbar«, sagte ich zu dem im Spiegel.

»Benutze deinen Grips, Genosse. Die Zielperson ist ein *yanqui*, und das ist gleichbedeutend mit Patriot. Begriffen?«

»Kein Wort. Mir wäre es lieber, du würdest nicht in Rätseln sprechen.«

»Bald ist der vierte Juli, und dein Mann wird sich die Gelegenheit nicht entgehen lassen, patriotisches Adrenalin abzusondern. Da kommst du zum Schuss.«

Da kam ich zum Schuss. Ein Schnüffler hatte mir zugetragen, dass der Typ seinen Schwulst an Patriotismus einen Tag vorher abzulassen gedachte, und so trat ich am dritten Juli in Aktion, als einer der sieben Zwerge verkleidet, der mit den großen Ohren. Ich mischte mich unter böse Wölfe, Donald Ducks, Mickymäuse und ähnliche Ausgeburten, die auf den Bus warteten, derweil sie Hunderte von kleinen Sternenbannern, Süßigkeiten und McDonald's-Gutscheinen verteilten.

Der Schulbus hielt zur vorgesehenen Zeit, und

die Zwerge näherten sich den Kindergesichtern hinter den Busfenstern. Der *yanqui* wurde von zwei Leibwächtern begleitet, die sich heute noch fragen dürften, was eigentlich genau passiert ist, denn ich trat in Aktion, sobald ich ihn sah: Aus zwei Metern Entfernung jagte ich ihm ein fünf- undvierziger Expansivgeschoss in den Kopf. In dem Tumult der Kinder klang das Schnalzen des Schalldämpfers nicht lauter als ein Seufzer, der Typ kippte mit einem Loch in der Stirn um, und sein Gehirn kam ihm zu den Ohren heraus. Es war eine saubere Arbeit, obwohl ich Expansiv- geschosse verabscheue, weil sie die Züge im Lauf beschädigen.

Ich trank meinen zweiten Gin, als mein Blick zufällig auf die Zeitung fiel, die der Gast neben mir an der Theke las. Es war eine türkische Zei- tung, und ich verstand kein einziges Wort, aber auf einem Foto erkannte ich meinen Mann; er stand lächelnd in einer Gruppe von Männern und Frauen.

»Sprechen Sie Englisch?«, fragte ich.

»Englisch, Französisch, Spanisch und Deutsch. Es ist heutzutage nicht leicht, Teppiche zu verkaufen«, antwortete er, wobei sich sein dichter Schnauzbart heftig bewegte.

»Dieser Mann da, der Dritte von links, ist ein alter Freund von mir. Können Sie mir sagen, wie die Bildunterschrift lautet?«

»Da steht, dass die Gruppe an einem Architektenkongress teilnimmt. ›Die Großstadt und das Zuwanderungsproblem‹ heißt das Thema. Der Kongress hat gestern begonnen und dauert noch drei Tage. Das ist alles.«

»Wo findet dieser Kongress statt?«

»In Istanbul. Eine schöne Stadt. Ich bin dort geboren«, sagte der Teppichhändler.

Wenige Minuten später rief ich den Mann an, der mir die Aufträge gab. Die Information schien ihn einigermaßen zu überraschen.

»In Istanbul? Bist du sicher?«

»Er nimmt an einem Architektenkongress teil, der in drei Tagen zu Ende ist.«

»Bleib, wo du bist, und ruf mich in einer Stunde wieder an.«

Das tat ich. Mehrere Male hörte ich, wie einer mit meinem Namen aufgerufen und dringend gebeten wurde, an Bord zu gehen. Ich wusste, dass mein Gepäck ohne mich losfliegen und endlose Runden auf dem Gepäckband des Pariser Flughafens drehen würde, während ich darauf wartete, dass die eine Stunde verging, nach der ich vielleicht nach Istanbul fahren würde, zu einem Mann, den ich auf exemplarische Weise ins Jenseits befördern sollte.

Begegnung in Istanbul

In allen Hauptstädten gibt es ein Sheraton-Hotel, und alle sind sie gleich. Die Empfangs-chefs scheinen von einem universalen Prototyp geklont zu sein und sagen immer dasselbe: »Hat der Herr reserviert?«

Er hatte. Mein Kontaktmann ist da ziemlich gewissenhaft; aber wie in den Sheraton-Hotels üblich, gab man mir das schlechteste Zimmer. Mir machte das nichts aus. Ich war nicht als Tourist nach Istanbul gekommen, sondern um den Typ zu observieren, den ich erledigen sollte. »Ich gestehe es nur ungern ein, aber es handelt sich um sehr schwer zu beschaffendes Material«, hatte mein Kontaktmann gesagt.

»Was ist, wenn ich es finde?«, wollte ich wissen.

»Auf keinen Fall dort kaufen. Die Auftraggeber wollen nationale Produkte«, wies er mich an.

Ich halte mich zwar für einen guten Profi, aber seine Worte erleichterten mich dennoch. Ich war nicht darauf vorbereitet, in Istanbul tätig zu werden, ich kannte die Stadt nicht, und seit ich den Flughafen verlassen hatte, machten mich die türkischen Soldaten nervös. Sie waren allgegenwärtig und starrten jeden aufdringlich an, der ihnen wie ein Kurde vorkam oder mit Kurden zu tun haben könnte. In der Türkei zu einem guten Schießeisen zu kommen, würde auch nicht leicht sein.

Wo zum Teufel kommen die Taxifahrer her? Der, der mich vom Hotel zum Kongresszentrum brachte, hatte einen Schnauzbart von den Dimensionen eines Fahrradlenkers, und kaum hatte ich meinen Hintern auf die mit einem Plastiküberzug geschützte Rückbank gesetzt, redete er mit dem ganzen Eifer eines Katecheten auf mich ein. Er verfluchte alles, was an Frauen mit kurzen Röcken auf den Straßen unterwegs war, was ihm an Reklamen von Bacardi-Rum und Zigaretten vor die Augen kam, und dann zog er, nachdem er mich gebeten hatte, ich solle mich nicht angegriffen fühlen, über die Ausländer her, die nur schädliche Einflüsse ins Land brächten. Als wir das Kongresszentrum erreichten, schiss er gerade auf die Mutter von Kemal Atatürk. Während ich ihn bezahlte, schwor ich mir, niemals mehr die professionellen Liebesdienerinnen zu beleidigen und keinen Menschen mehr einen Hurensohn zu nennen, der es nichts verdiente. Sohn Allahs schien mir ein weit überzeugenderes Schimpfwort zu sein.

Merkwürdiger Mensch, der Mann, den ich erledigen sollte. Im Programm des Kongresses über die Großstadt und das Zuwanderungsproblem erschien sein Foto, sein Name, Victor Mújica – vorausgesetzt, dass dies sein richtiger Name war –, eine interessante Biographie, die ihn als Pionier der Nichtregierungsorganisationen vorstellte, und seine Nationalität: Er war Mexikaner, geboren in Guadalajara, Jalisco, im Jahr 1959.

Das hieß, er war sechsunddreißig Jahre alt. Ein gutes Alter zum Sterben.

In der Cafeteria des Kongresszentrums kam ich auf weniger als zwei Meter an ihn heran. Es wäre ein Kinderspiel gewesen, ihn dort auszuschalten, aber das konnte und durfte ich nicht. Die Auftraggeber wollten, dass die letzte Luft, die er atmete, amerikanische Luft war; Luft, die irgendwo zwischen dem Rio Grande und Kap Hoorn wehte. Er unterhielt sich mit einigen Männern und Frauen, die ihn mit offensichtlicher Wertschätzung betrachteten. Im Gespräch mit ihnen wechselte er von Englisch zu Deutsch, von Französisch zu Portugiesisch. Eine Frau bat ihn auf Englisch, zu singen. Zuerst weigerte er sich nicht sehr überzeugend, doch dann gab er dem Drängen nach und schloss die Augen, um mit wohlklingender Stimme eine *ranchera* zum Besten zu geben.

... sie wollte bleiben,
als sie sah, wie traurig ich war;

doch es stand geschrieben,
dass ich ihre Liebe
in jener Nacht verlieren würde …

Er sang gut, der verdammte Mexikaner – falls er einer war. Er hatte das sichere Auftreten, das den Lebemann verrät; einen, der im Bett keine Probleme mit der Einsamkeit hat.

»Na gut, Alter. Wirst einen sympathischen Typ umlegen müssen«, sagte ich mir und fühlte mich wieder wie ein Idiot, weil ich wissen wollte, warum ich ihn töten sollte.

… ich wollte vergessen,
wie man in Jalisco vergisst,
doch der Tequila und die Mariachis
haben mich zum Weinen gebracht …

Er beendete das Lied, ohne die Augen zu öffnen, als seien die Zeilen der *ranchera* etwas, was ganz und gar zu ihm gehörte, und in dem kurzen Moment, der dem Applaus der Umstehenden voranging, drängte sich mir das Bild meiner französischen Braut auf. Sie war dort, in Mexiko, und labte sich womöglich an der Tränenflut, die die Mariachis auf der Plaza Garibaldi hervorlocken. Schlitzohren, die Mariachis; und auch die Kerle, die arglose Frauen an diesen Ort bringen. Sie wissen genau, dass nach ein paar gut geweinten *rancheras* kein Höschen trocken bleibt und jede die Beine breit macht.

»Ich verstehe dich nicht. Du bist gekommen, um den Mann zu sehen, den du umlegen sollst, ihn zu beriechen, ihn zu studieren, und dann kommen dir bei einem dämlichen Schlager fast die Tränen. Schöner Profi«, sagte der Typ aus dem Spiegel, der die gleiche Jacke trug wie ich.

»Reg dich ab. Du weißt, dass ich meine Aufträge perfekt zu Ende bringe.«

»Das will ich hoffen. Und was gedenkst du jetzt zu tun? Erst mal einen Roman von Corín Tellado lesen?«

»Ich gehe in sein Hotel und schnüffle in seinen Sachen herum.«

»Das gehört nicht zu deinem Job. Du willst nur herausfinden, warum du ihn töten sollst. Ich kann dir sagen, warum.«

»Und sagst du es mir?«

»Sicher: Weil man dir dafür einen Scheck über eine siebenstellige Zahl gibt, und zwar steuerfrei. Das ist der einzige Grund, du Idiot.«

Ein Fünfzigdollarschein löste dem Schnauzbart am Informationsstand des Kongresses die Zunge. Mein Mann wohnte im Hotel Riehmond.

Nicht schlecht, die Saibe! Die Empfangshalle verströmte eine wehmütige Erinnerung an das Osmanische Reich, und der Empfangschef war genau nach meinem Geschmack: ein Mann mit versiegelten Lippen und beredten Gesten.

»Vor ein paar Stunden habe ich Dokumente für Herrn Mújica abgegeben. Sie sind sehr wichtig, und ich möchte wissen, ob er sie bekommen hat.«

Der Mann am Empfang vollzog wortlos eine halbe Drehung und deutete mit dem Kinn auf das leere Fach von Zimmer vierhundertfünf.

»Die Dokumente sind Herrn Mújica ordnungsgemäß ausgehändigt worden«, sagte er mit beflissenem Fünfsternestolz.

Ich komme, ich töte, und ich gehe wieder. Das ist es, was ich in den letzten fünfzehn Jahren getan habe; und in diesem Beruf lernt man Dinge, ohne dass man es merkt. Eines davon ist, sofort zu riechen, wenn etwas nicht stimmt.

Was im Mittelgang des Richmond nicht stimmte, war der Dicke mit der Halbglatze, der gegenüber den Fahrstühlen an der Wand lehnte und in der *New York Times* las. Ein paar Meter weiter hatte er eine ganze Reihe bequemer Sofas zur Verfügung, aber der Dicke las im Stehen.

Ich betrat den Fahrstuhl und drückte auf den Knopf für den siebten Stock. In der Einsamkeit des Hotelflurs rauchte ich in aller Ruhe eine Zigarette und stieg dann die Treppe hinunter. Im vierten Stock konnte ich feststellen, dass die Angewohnheit, gegenüber den Fahrstühlen im Stehen die *New York Times* zu lesen, ansteckend war. Diesem zweiten Leser fehlte nur der Cowboyhut, um seine Nationalität zu verraten.

Als er mich im Flur auftauchen sah, vertiefte er sich in seine Lektüre. Ich verfluchte mich, weil ich mich wie ein Anfänger benommen hatte: Garantiert stand der Dicke von unten mit ihm in Funkkontakt, hatte ihm meine Beschreibung durchgegeben, und als dieser da mich aus der Tür zum Treppenhaus kommen sah, hatte er nicht mehr den geringsten Zweifel. Jetzt musste ich schnell handeln, und das tat ich.

Ich ging zu den Fahrstühlen, streckte die Hand aus, um auf den Knopf zu drücken, doch bevor ich ihn berührte, fuhr ich herum, zog dabei den linken Fuß hoch und stieß ihn dem unverbesserlichen Leser in den Leib.

Der Tritt traf ihn in die Hoden, und bevor er sich erholen konnte, verpasste ich ihm zwei Schläge auf die Ohren. Dabei ging nicht nur das Gerät kaputt, es bohrte sich ihm auch noch ins Fleisch. Der Typ trug ein hübsches Mikrofon unter dem Jackenaufschlag, hatte eine Achtunddreißiger mit kurzem Lauf bei sich und – welch eine Überraschung! – eine hervorragend plastifizierte Identitätskarte, die ihn als Agenten der DEA, der Drug Enforcement Agency der Vereinigten Staaten, auswies.

Ein paar Minuten später schlüpfte ich durch einen Notausgang auf die Straße. Ich setzte mich in Bewegung. Ich musste nachdenken, und zwar schnell. Die DEA war hinter meinem Mann her. *Istanbul Connection?* Fingen die Mexikaner jetzt schon an, Teppiche zu rauchen? Wie viele Männer hatte die DEA außerdem noch in Istanbul? Ich musste dringend eine Toilette aufsuchen, um mit dem Mann aus dem Spiegel zu sprechen, der mich so gut kennt wie kein anderer.

Die Müdigkeit in den Beinen zeigte mir an, dass ich mehrere Stunden ziellos herumgelaufen war. Oder vielleicht hatte ich ein Ziel, ein zwanghaftes, das mich allerdings nirgendwohin führte, sondern mich immer weiter von jedem professionellen Verhalten entfernte.

Ich hatte mich in etwas eingemischt, was mich nichts anging; ich machte mir Gedanken darüber, warum ich einen Menschen erledigen sollte; ich hatte einen Agenten der DEA zusammengeschlagen; und als wäre das noch nicht genug, tauchte in schmerzlichen Abständen das Bild meiner französischen Braut vor meinem geistigen Auge auf, wie ein Werbespot von etwas, was ich mir nie würde kaufen können.

Als ich mich in einem Meer von Teppichen wiederfand, von Wandbehängen, Wasserpfeifen, schaurigen Drucken mit Landschaften, Khomeini-Postern und anderem orientalischen Kitsch, da wusste ich, dass ich aus Versehen im Großen Basar gelandet war. Die Mischung von Räucherstäbchen und Patschuli in der Luft machte mir das Atmen unerträglich. Händler belagerten die Touristen, und diese fingerten mit demonstrativer Missbilligung an Teppichen und Wandbehängen herum. Zwei Schnauzbärte traten lächelnd auf mich zu, einer hielt einen eingerollten Teppich unter dem Arm, und der andere begrüßte mich mit einer Verneigung.

»Gewiss haben wir genau das, was der Herr sucht. Wenn Sie uns die Ehre erweisen wollen, einen Tee mit uns zu trinken, können wir über den Preis verhandeln«, sagte er und gestikulierte dabei wie Ali Baba.

»Tut mir leid. Ich habe nicht die Absicht, irgendetwas zu kaufen«, entgegnete ich.

»Ich bitte Sie, nur einen einzigen Blick auf die unvergleichliche Qualität unserer Erzeugnisse zu werfen«, schlug er vor und gab seinem Begleiter einen Wink.

Der andere hob den eingerollten Teppich, bis er beinah meine Nase kitzelte. Aus ihm starrte mir der Doppellauf einer Flinte entgegen. Diesmal war ich es, der demütig den Kopf senkte, womit ich die Einladung zu einem Tee im Großen Basar von Istanbul akzeptierte.

Die beiden Männer führten mich in das Hinterzimmer eines Ladens. Dort angekommen, wies mir der mit der Flinte ein Sitzkissen, während der andere in ein Funktelefon sprach.

Als er sein Gespräch beendet hatte, nahm er den zeremoniellen Tonfall wieder auf.

»Wir wissen zwar nicht, wer Sie sind und welches Spiel Sie spielen, aber ich nehme an, Sie werden uns bald darüber berichten. Ich muss Ihnen auch sagen, dass es gar nicht schön war, was Sie dem Freund im Hotel angetan haben. Das Ohr des armen Mannes sieht aus wie ein Kloß. Außerdem haben Sie Staatseigentum der Vereinigten Staaten von Amerika beschädigt. Das alles gehört sich überhaupt nicht.«

»Tut mir leid, aber er hat mich angegriffen, und ich musste mich wehren. Ich dachte, er wollte mich überfallen«, entschuldigte ich mich.

»In den Fluren im vierten Stock des Hotels Richmond kommt es nicht oft zu Überfällen. Was Sie da erzählen, gefällt mir überhaupt nicht. Sie wissen doch, wie das bei der Prinzessin Scheherezade war? Die Geschichten müssen gut und sie müssen glaubhaft sein. Hassan, inspiriere unseren Gast ein wenig«, befahl er seinem Begleiter.

Hassan wusste, wohin man schlagen muss. Er versetzte mir einen brutalen Kolbenhieb gegen die linke Schulter, sodass sich meine Faust wie von selbst öffnete. Dem Schmerz des Schlages folgten entsetzliche Muskelkrämpfe.

»So, da Sie jetzt gelernt haben, wie man Geschichten erzählt, beginnen wir mit einer kurzen Biographie des Autors. Wer sind Sie?«, fragte der Zeremonielle.

Ich wollte entgegnen: »Und wer sind Sie?«, aber es war nicht an mir, den Gang der Unterhaltung zu bestimmen. Der zweite Schlag auf die linke Schulter ließ mich glauben, mein Arm falle ab und rutsche wie ein totes Reptil durch den Jackenärmel zu Boden. Hassan war kein Freund von langen Pausen in den Geschichten.

»Ich bin Tourist. Ich benutze Hotelflure gern für mein tägliches Walking-Programm.«

Ich kalkulierte genau den Moment, in dem Hassan mir den dritten Hieb versetzen würde. Ich warf meinen Oberkörper nach rechts, der Kolben der Flinte streifte meinen schmerzenden Arm, ich griff mit der Rechten danach und riss sie nach unten.

Hassan verlor das Gleichgewicht und verhedderte sich mit den Füßen im Saum seiner Dschellaba. Während er vornüberfiel, gelang es mir, ihm die Flinte zu entreißen. Ich wusste nicht, ob sie geladen war, doch ich hatte keine Zeit, es zu überprüfen. Es galt nur, zu verschwinden, und ich musste mir schnell überlegen, wie.

»Ganz ruhig. Sie können den Basar nicht mit einer Flinte unter dem Arm verlassen. Ich bitte Sie, Hassans schlechte Manieren zu entschuldigen; ich für meinen Teil schlage Ihnen einen höflichen Dialog vor«, sagte der Zeremonielle.

Das waren seine letzten Worte, denn plötzlich ruckte sein Kopf, als habe er von hinten einen Stoß bekommen, und er kippte vornüber auf einen Stapel Teppiche. Ich drehte mich um. Und da sah ich meinen Mann mit einer schallgedämpften Achtunddreißiger, über die er eine Zeitung gelegt hatte. Dem ungeduldigen Hassan hatte er ebenfalls das Hirn weggepustet, und er war direkt neben seinem Kumpan zusammengesunken.

»Los, raus hier, du verdammter Idiot!«, befahl

mein Mann, und ich folgte ihm und erinnerte mich dabei an den ersten Blick auf das Foto, bei dem ich gleich gespürt hatte, dass unsere Wege sich wohl oder übel kreuzen würden.

Der Todesengel
stellt sich vor

Der Mann, den ich früher oder später würde töten müssen, hatte meine Haut gerettet und führte mich an der Hand durch das Labyrinth des Großen Basars von Istanbul. Er war mit dem Gelände offenbar bestens vertraut, denn kein einziger Schnauzbart unternahm den Versuch, ihm einen Teppich anzudrehen.

»Ich habe denen tausendmal gesagt, der Basarkontakt taugt nichts mehr«, murmelte er, als wir den Ausgang erreichten.

»Aha« war alles, was mir dazu einfiel.

»Haben dich die Amis im Hotel nervös gemacht?«, fragte er, während er ein Funktelefon aus der Tasche zog.

»Aha«, wiederholte ich.

»Du bist ein Vollidiot. Die wollten nur sicher-gehen, dass sie ihr Stück vom Kuchen bekommen, sonst nichts. Aber jetzt holen wir uns erst mal das Geld«, sagte er und gab mir mit einer Handbewegung zu verstehen, dass ich ein paar Schritte zur Seite treten sollte, während er eine Nummer wählte.

»Aha«, sagte ich noch einmal.

Er murmelte ein paar unverständliche Worte, dann zog er mich an der Schulter in ein Café voller Schnauzbärte, die alle Backgammon spielten. Er bestellte zwei türkische Kaffee.

»Ein Gin wäre mir lieber«, entgegnete ich als Variation zu meinen bisherigen einsilbigen Verlautbarungen.

»Erwähne hier das Wort ›Schnaps‹, und sie legen dir deine Eier auf die Theke. Warum hast du mich nicht im Kongresszentrum angesprochen? Ich habe doch eindeutige Anweisungen gegeben«, sagte er, während er in seiner Tasse rührte.

»Da waren noch mehr Amis, die mich nervös gemacht haben«, sagte ich entschuldigend.

Er schaute auf und blickte mir in die Augen. Auf irgendeine Weise hatten meine Worte ihm gesagt, dass ich nicht der war, den er erwartet hatte. Ich schaute ihn ebenfalls an. Er war ein kräftiger Mann mit ausgeprägten Muskeln, die von regelmäßiger sportlicher Betätigung herrührten. Er wirkte sehr sicher, daran gewöhnt, sich mit dieser überwältigenden Selbstsicherheit durchzusetzen. Ich lebte auf, als ich ihn mit gerunzelter Stirn dasitzen sah, fieberhaft nachdenkend, um sich von der Überraschung zu erholen.

»Wer zum Teufel bist du?«, fragte er und führte eine Hand zum Gürtel, um mich daran zu erinnern, dass er eine Achtunddreißiger mit Schalldämpfer trug.

»Ich bin der Todesengel. Ich habe den Auftrag, dich zu töten; aber nicht hier. Noch weiß ich nicht, wo es sein wird; aber wir beide werden es wissen, wenn der Augenblick gekommen ist.« Im selben Moment hupte draußen ein Auto. Mein Mann erhob sich von seinem Stuhl, und mit der Hand am Gürtel ging er rückwärts hinaus.

Seine Selbstsicherheit war völlig dahin, sein Kinn bebte, und er suchte verzweifelt nach Worten, die jedoch nicht über seine Lippen kamen.

Ich hatte den grauenvollen Kaffee gerade ausgetrunken, als die Luft sich mit dem Sirenengeheul mehrerer Streifenwagen füllte.

»Was ist passiert?«, fragte ich den Kellner, als ich die Rechnung bezahlte.

»Das Übliche. Kurdische Terroristen haben zwei Händler im Basar ermordet.«

Ich trat auf die Straße und ließ mich wieder einmal ziellos treiben. Was zum Teufel war mit mir los? Zum ersten Mal in meiner langen und makellosen Karriere hatte ich mein zukünftiges Opfer vorgewarnt, wahrscheinlich waren mir die Leute von der DEA auf den Fersen, und die Hälfte der Händler aus den dreitausend Läden des Großen Basars würde meine Personenbeschreibung an die Polizei oder die türkische Armee weitergeben. Verflucht, jetzt hatte ich sogar die Nato auf dem Hals.

Um fünf Uhr nachmittags herrschte eine infernalische Hitze in Istanbul, und ich beschloss, die wohltuende Kühle eines majestätischen Gebäudes aufzusuchen. Es war die Moschee von Ortaköy, und von ihren Gärten aus konnte ich die Betonzunge der Bosporusbrücke sehen, die Europa mit Asien verbindet, einfach so.

Als ich mich über einen Brunnen beugte, sah ich einen Typ, der die gleiche Jacke trug wie ich. Sein Gesicht war ebenso sorgenvoll wie meines. »Du hältst den Weltrekord, so tief, wie du in der Scheiße steckst«, sagte er anstelle einer Begrüßung.

»Ich weiß. Hilf mir, einen klaren Gedanken zu fassen.«

»Viel Zeit hast du nicht. Nimm jetzt sofort ein Taxi zum Flughafen. Dein Opfer wird das Gleiche tun, wenn er nicht schon mit wer weiß welchem Ziel davon ist. Es wäre auch nicht verkehrt, in Paris anzurufen. Vielleicht hat dein Kontaktmann dir eine Nachricht auf dem Anrufbeantworter hinterlassen.«

Ich befolgte den Rat meines Doppelgängers.

Auf dem Flughafen kaufte ich ein Ticket für eine Maschine nach Frankfurt. Das war der nächste Flug, und er ging in zwei Stunden. In der internationalen Bar, wo ich vor dem heiligen Zorn islamischer Dummköpfe sicher war, goss ich mir drei Gin hinter die Binde und rief mein Apartment in Paris an. Auf dem Anrufbeantworter war keine Nachricht für mich. Ich hängte ein und wollte schon zum Flugsteig gehen, als ich aus einer seltsamen Eingebung heraus die andere Pariser Nummer wählte; jene, die zu dem gehörte, was ich, wie ein Spießer, der pünktlich seine Steuern zahlt, bis vor Kurzem meine Wohnung genannt hatte.

Es gab mehrere Nachrichten, allesamt von Freunden meiner französischen Braut, die eine kollektive Sorge über ihre verspätete Rückkehr aus Mexiko zum Ausdruck brachten. Eine Nachricht hatte ihre Stimme, und sie klang so, als spreche sie mit einem Messer an der Kehle. »Ich bin es. Antworte nur bitte. Ich muss mit dir sprechen. Ich weiß nicht, was mit mir los ist, aber ich brauche dich; und trotzdem kann ich nicht zurückkommen, ehe ich ihn nicht wiedergesehen habe. Hasse mich nicht. Du bist so gut und so großzügig. Ich komme zurück, sobald ich mit ihm gesprochen habe. Ich liebe dich, aber … ich weiß nicht, was mit mir los ist …«

Ich hängte ein, ohne die Nachricht zu Ende zu hören. Ich steckte selbst bis zum Hals in Schwierigkeiten und konnte mich nicht noch als Seelendoktor betätigen.

Der Flug nach Frankfurt dauerte fünf Stunden, von denen ich vier mithilfe mehrerer Minifläschchen Gin verschlief, die mir eine Stewardess mit beispielhafter Großzügigkeit servierte.

Bevor ich mich an die Erledigung eines Auftrages mache, sorge ich dafür, dass ich genügend Schlaf bekomme. Dazu ist es am besten, den Träumen aus dem Weg zu gehen – diesen Regionen, in die wir entführt werden, ob wir wollen oder nicht. Ein irischer Kollege hat mir den Trick gezeigt, mit dem man das erreicht: Man muss sich intensiv ein großes grünes Tuch vorstellen, das alles zudeckt, was wir bis zu dem Moment, in dem wir die Augen schließen, gesehen haben. »Killer-Yoga« nannte es der Ire, und bei mir hat es immer funktioniert, doch im Flugzeug fraß sich das verdammte Bild meiner französischen Braut durch das grüne Tuch, und sie trat frisch und erregend daraus hervor, wie einer Lagune entstiegen.

Sie führte mich an einem Herbsttag durch den Jardin de Luxembourg und schälte mir heiße Kastanien, die wir am Eingang der Metro-Station Les Gobelins gekauft hatten. Später streichelte sie gedankenverloren meine Brust nach der angenehmen Müdigkeit, die der gemeinsame Orgasmus beschert, gab mir mit heißem Mund kleine Schlucke kalten Sancerre zu trinken und schrieb mit der Zunge Wörter der Liebe auf den Spiegel. An einem Strand in Puerto Rico umschlossen ihre Beine meine Hände, als ich sie mit Sonnenmilch eincremte. In einem Casino in Orlando wollte sie partout auf einem Black-Jack-Tisch genommen werden. Sie las mir Gedichte von Prevert,

Dylan Thomas und anderen Typen vor, die mich nicht interessierten, und summte Chansons von Brel, deren Worte ich zu verstehen glaubte. Es war nicht leicht, wieder aufzuwachen, ohne mich an ihren verdammten Namen festzuklammern.

Der Taxifahrer, der mich vom Flughafen in die Innenstadt fuhr, war Türke, doch bestimmt besaß er eine doppelte Staatsangehörigkeit, die ihn auch als Mitglied der Weltgemeinschaft der Aufdringlichen auswies.

»Wie hat Ihnen Istanbul gefallen? Schöne Stadt, nicht wahr?«, sprudelte er gnadenlos hervor.

»Woher wissen Sie, dass ich von dort komme?«

»Weil das die letzte internationale Ankunft ist. In Frankfurt landet alle drei Minuten ein Flugzeug, aber Maschinen, die aus der Türkei kommen, werden auf der Sicherheitspiste abgefertigt. Wegen der Kurden, wissen Sie? Das ist eine Bande von Terroristen, und die Deutschen treffen ihre Vorsichtsmaßnahmen.«

»Für mich war Istanbul beschissen.«

»Das glaube ich. So was passiert Touristen, die

keinen Rat annehmen wollen. In Istanbul kriegt nicht einmal Alain Delon eine Frau. Aber da sind ja noch die Schwedinnen und die Deutschen, die in Edirne mit dem Hintern herumwackeln, nackt baden und in der Sonne braten. Und wenn der Herr ein bisschen anspruchsvoller ist: In den Straßen von Galata wimmelt es von schlanken Jungen wie aus dem Bilderbuch. Das ist wie in Cadaqués; aber dort öffnet die Deutsche Mark jedes Herz und jeden Hintern ...«

»Danke für die Information, aber ich hatte mehr an eine stark behaarte Frau gedacht. Wissen Sie, der Tschador erregt mich bis zum Wahnsinn«, versicherte ich dem fernen Abkömmling Allahs.

Im Hotel Frankfurter Hof gab man mir ein Zimmer, in dem man Fußball spielen konnte. Ich bestellte eine Flasche Gin aufs Zimmer und rief meinen Kontaktmann an.

»Ich muss mit dir sprechen, lange und ausführlich, und zwar jetzt gleich«, sagte ich.

»In Ordnung. Wo du auch bist, ruf in einer halben Stunde aus einer Telefonzelle die folgende Nummer an, die du sofort wieder vergisst«, antwortete er und diktierte mir die Nummer eines Funktelefons.

Ich verbrachte die Zeit in der Hotelhalle. Sie war voll von schönen Frauen. Es war wie auf einem Wettbewerb, bei dem die Schönheit des weiblichen Geschlechts in seiner ganzen Fülle vorgeführt wurde. Eine Reihe von an Dekolletés befestigten Namenskärtchen klärte mich darüber auf, dass in Frankfurt die alljährliche Designer-Messe stattfand. Das Ganze kam mir vor, als sähe ich meine französische Braut vervielfacht in einem Labyrinth von Spiegeln. Doch Schönheit ist kurzlebig, wie man weiß, und so betrat ich eine Telefonkabine, um meinen Kontaktmann anzurufen.

»Mach's kurz«, sagte er, »ich bin ein Bewunderer der Fähigkeit, die Dinge auf den Punkt zu bringen.«

»Ich weiß. Also: Fast hätte ich einen Agenten der DEA umgelegt; danach hat, du weißt schon, wer, mir das Leben gerettet, indem er zwei Typen

eliminierte. Ich will wissen, wer mein Auftraggeber ist.«

»Die DEA? Scheiße, auf den Punkt hättest du es
nicht bringen müssen. Bist du sicher?«

»Einen deutlicheren Beweis habe ich nie gesehen.«

»Ich glaube, dein Honorar muss verdoppelt
werden. Ich ruf dich morgen Mittag in Paris an.
Du wirst wissen, wie du rechtzeitig hinkommst«,
sagte er und legte auf.

Als ich die Telefonkabine verließ, ging ein ma-
geres Mädchen mit grünen Augen auf mich los.
»Das ist doch ein Hemd von Kendo«, behauptete
sie auf Französisch.

Ich wollte über die Vaterschaft nicht streiten,
schließlich ist es durchaus denkbar, dass in der
Galerie Lafayette Designer-Hemden verkauft
werden.

»Hast einen guten Blick, Mädchen. Warum
kommst du nicht mit, und wir sehen uns die
Knopflöcher näher an?«, sagte ich und legte meinen Arm um ihre Taille.

In jenen grünen Augen lag der Balsam, der die Träume vertreibt.

Ein Mörder
auf dem Altenteil

Um acht Uhr abends des nächsten Tages hatte ich es mir auf Anweisung meines Kontaktmannes hinter dem Lenkrad eines Mercedes bequem gemacht, der auf einem Mietwagenparkplatz des Flughafens Charles de Gaulle stand. Die Concorde würde in wenigen Minuten landen, und mit den Passagieren des Fluges New York–Paris kam jener Mensch, von dem ich nur die Stimme kannte.

»Ich fürchte, deine Entgleisungen in Istanbul haben den Fahrplan ganz schön durcheinandergewirbelt«, sagte der Typ, der mich aus dem Rückspiegel ansah.

»Zugegeben. Aber ich habe getan, was ich tun musste. Frag mich nicht, warum.«

»Ich weiß, warum du es getan hast. Das kleine Weibsbild hat dir den Kopf verdreht, und du bist völlig außer Kontrolle. Hast du keine Angst vor der Begegnung mit deinem Kontaktmann? Du weißt, dass es in deinem Beruf keine Entlassungs-, sondern nur Sterbeurkunden gibt.«

»Wenn er kommt, um sich mit mir zu treffen, wird es schon seinen Grund haben. Ich habe ihn nie enttäuscht.«

»Nie?«, fragte der Typ im Rückspiegel sarkastisch.

Ich hieb gegen den Spiegel, damit er endlich den Mund hielt, aber ich wusste, dass er recht hatte. Was zum Teufel dachte ich mir eigentlich? Nachdem ich am Vormittag aus Frankfurt gekommen war, hatte ich in meinem Büro auf den Anruf des Kontaktmanns gewartet. Er kam pünktlich. Er rief vom Kennedy Airport an und gab mir die Anweisungen, denen ich jetzt folgte. Danach unternahm ich einen Spaziergang, um meine Gedanken zu ordnen, schritt mit raschen Schritten aus, doch eine unwiderstehliche Kraft lenkte mich zu der Wohnung, die ich bis vor ein paar Wochen mit meiner französischen Braut geteilt hatte.

Alles, was sich darin befand, kam mir fern und fremd vor. Möbel, Fernseher, Video, Stereoanlage, Lampen, Doppelbett, Schallplatten, Bücher und noch mehr Bücher, Bilder, Barschrank, zusammengefaltete Wäsche in den Schränken, nichts davon gehörte mir, hatte irgendetwas mit mir zu tun. Ich beschloss, ein paar Anzüge und Hemden in eine Tasche zu packen und für immer zu verschwinden. Während ich packte, beobachteten mich ihre Augen aus allen Richtungen, vervielfältigt in den Dutzenden von Fotografien, die ich an verschiedenen Orten von ihr aufgenommen und eigenhändig an den Wänden aufgehängt hatte. Dann klingelte das Telefon, drei Mal, bis sich der Anrufbeantworter einschaltete. Es war sie. Ihre Stimme klang sehr fern und sehr erschöpft. Sie sprach von Liebe, von einem schrecklichen Irrtum, von Scham und von ihrer Rückkehr, sobald sie einen Ausweg aus den Schwierigkeiten gefunden habe, aus denen nur sie allein herausfinden könne. Sie sprach immer wieder von Liebe, erinnerte an glückliche Tage, verwünschte sich, und ich schlug gegen die Wände, bis meine Fäuste bluteten, um nicht der Versuchung zu erliegen, den Hörer abzunehmen.

»Du hast mich betrogen, Kleine. Diese Art Fehler nehme ich nicht hin«, murmelte ich, als ich die Tür hinter mir schloss. Ihre Stimme schwebte immer noch durch die Einsamkeit jener Wohnung, in die ich nie mehr zurückkehren würde.

Ein dicker Mann, der eine kleine Reisetasche und einen Regenmantel über dem Arm trug, kam auf das Auto zu. Ich stieg aus und öffnete ihm die Beifahrertür.

»So lernen wir uns also endlich kennen. Dieses Treffen hätte niemals stattfinden dürfen, aber nun, so sind die Dinge eben«, sagte die Stimme, die ich so gut kannte.

»Du sagst mir, wohin ich dich fahren soll«, entgegnete ich.

»Wir machen einen Spaziergang. Wir wandern am Seineufer entlang, wenn es dir recht ist«, schlug er vor.

Die Nachtluft war rein und mild, und nachdem wir aus dem Auto gestiegen waren, bummelten wir eine halbe Stunde in der Nähe des Trocadero herum. Mein Kontaktmann rauchte eine Zigarette nach der anderen, sein Husten klang wie ein Bellen, und wenn ich Anstalten machte, etwas zu sagen, antwortete er mit einer Handbewegung: »Noch nicht, mein Junge, ich denke nach.« Schließlich wies er auf eine Bank, und wir setzten uns.

»Sag mir eines; hast du irgendetwas an deinen Auftraggebern auszusetzen?«, begann er.

»Nein, nicht das Geringste. Das weißt du.«

»Sehr gut. Du bist ein reicher Mann. Mich interessiert nicht, was du mit deinem Geld gemacht hast, aber es ist eine hübsche Summe. Du bist in einer idealen Situation, dich zurückzuziehen.«

»Stimmt genau.«

»Es geht nicht darum, dass du zu viele Fehler begangen hast. Du hast sie alle begangen. Ich nehme an, es ist die Ermüdung, der Stress, oder wie man das heute nennt. Es ist ein Warnzeichen, das zum Aufhören rät.«

»Habe ich darunter zu verstehen, dass mein Urteil gefällt ist?«

»Nun werde nicht melodramatisch. Dein Verhalten hat uns zwar Probleme beschert, aber wir haben immer Vertrauen zu dir gehabt. Du bist nicht irgendein Killer, den man mit einem Federstrich abserviert. Du bist ein angesehener Profi, und wir wollen, dass du auf anständige Weise aussteigen kannst.«

»Gut. Was soll ich tun?«

»Den Auftrag zu Ende bringen, aber allein. Dies ist das erste und einzige Mal, dass wir uns sehen. Der Telefonkontakt existiert nicht mehr, und du kannst sicher sein, dass ich dich nicht mehr anrufen werde. Du führst deinen Auftrag zu den vereinbarten Bedingungen aus. Du wirst die doppelte Summe kassieren, aber ich wiederhole: Wir wollen, dass du ihn allein ausführst und so schnell wie möglich.«

»Ist gut. Ich akzeptiere. Ohne Schnüfflerhilfe, ohne logistische Unterstützung, allein. Akzeptiert.«

»Noch eine Frage, bevor wir uns trennen?«

»Warum soll ich ihn eliminieren?«

»Willst du das wirklich wissen?«

»Es ist mein letzter Job. Nimm es als die Neugier eines aufs Altenteil gesetzten Profis.«

»Warum nicht? Victor Mújica treibt ein schmutziges Spiel mit allen. Er ist gerissen, intelligent, aalglatt und vor allen Dingen sauber. Der Typ hat in seinem Leben noch nicht einmal eine rote Ampel überfahren, dennoch hat er eine Reihe von Organisationen ausmanövriert, die die USA mit Drogen versorgen. Er hat ein weitverzweigtes Imperium aufgebaut, das hauptsächlich von den asiatischen Märkten beliefert wird, und er hat die Preise purzeln lassen. Das gefällt weder den Kolumbianern noch den Jungs aus Miami, aber sie kommen nicht an ihn heran, weil er sich die beste Schutzmacht gesucht hat, die man sich denken kann ...«

»Die DEA.«

»Richtig. Er schmiert die DEA, und die hätschelt ihn wie einen Säugling. Und das Merkwürdigste ist, dass seine Ware zwar billig, aber von hervorragender Qualität ist. Der Typ ist eine Art Drogenphilanthrop, und das ist der Grund, warum du ihn ausschalten sollst. Kapiert?«

»Wie viel Zeit habe ich?«

»Nicht viel. Wir haben dir für morgen einen Platz in der Concorde reserviert, und in New York erwartet dich ein Ticket der TWA nach Mexiko, D. F. Der Schreck von Istanbul hat seine Pläne durcheinandergebracht, und er ist vorzeitig zurückgekehrt. Du musst handeln, bevor er reagieren kann.«

»Wer waren die beiden Leichen vom Basar?«

»Anfänger. Von der DEA in Istanbul gedungene Mörder. Sie haben dich mit einem Auftragskiller der Kolumbianer verwechselt. Mújica hat dich gerettet, weil er dich für den Boten hielt, der ihm das Geld für eine Heroinlieferung überbringen sollte, und er glaubte, du seist diesen Totschlägern in die Hände gefallen. Ein Riesendurcheinander. Nun kennst du jedenfalls die ganze Geschichte. Mach's gut, Killer, und viel Glück.«

Ich sah ihn mit müden Schritten zum Taxistand schlurfen, er stieg in einen Wagen, und dann verschluckte ihn die Stadt für alle Zeiten.

Ich blieb noch lange auf der Bank sitzen und dachte darüber nach, was mein letzter Auftrag für mich bereithalten mochte. Teufel auch, ich wurde aufs Altenteil gesetzt, aber ich würde keinesfalls einer dieser alten Männer werden, die ihre Zeit auf Parkbänken totschlagen, geplatzten Träumen nachhängen und diese abscheulichen gefiederten Ratten füttern, die andere Tauben nennen.

Ich besaß ein ziemlich gut bestücktes Konto bei einer Bank auf den Grand Cayman und hatte ohnehin vorgehabt, mich mit fünfzig zur Ruhe zu setzen. Jeder Mensch macht Pläne im Hinblick auf diese Zeit. Meine waren sehr einfach: ein Haus in der Bretagne mit Blick aufs Meer, zusammen mit meiner französischen Braut, die mir unverständliche Gedichte vorlas und der ich die Texte von Boleros ins Ohr flüsterte. Scheiße.

Jetzt saß ich auf dem Altenteil und war so einsam wie ein Schiffbrüchiger. Scheiße. Dagegen musste ich etwas unternehmen.

Ich stieg in den Mercedes und fuhr ein paar Runden durch die Straßen, die am Arc de Triomphe aufeinandertreffen. Die schönsten Huren von Paris bieten sich dort an wie reife Früchte. Es gab Schwarze, Weiße, allzu Weiße, Mulattinnen, Vietnamesinnen, Chinesinnen, athletisch gebaute Transvestiten und Mädchen, die aussahen, als kämen sie direkt von der Sekretärinnenschule. Nach einer Weile fand ich genau die, die ich suchte; nicht sehr groß, mit strammen Hüften, kastanienfarbenem Haar, festen Brüsten, kleinem roten Mund.

»Steig ein!«, forderte ich sie auf.

»Dreihundert Franc die Stunde«, antwortete sie, als sie sich auf den Sitz sinken ließ.

»Setz noch eine Null dahinter, und wir treiben es die ganze Nacht.«

»Bist du ein Scheich oder ein Sultan? Treiben wir es in deinem Palast?«

»Hast du was dagegen, wenn wir es im Hotel Lutétia tun?«

»Ich glaube, du bist König Salomon, und ich bin die Königin von Saba.«

»Einverstanden. Und ich bin bereit, alle Wünsche meiner Königin zu befriedigen.«

Der Empfangschef des Hotels Lutétia beäugte misstrauisch den minimalen Minirock meiner Begleiterin. Während er das Anmeldeformular ausfüllte, suchte er nach eleganten Worten für eine giftige Frage.

»Der Herr und die Dame tragen sich gemeinsam ein?«

»Der Herr hat Ihnen sein Pass gegeben, und die junge Dame ist sehr müde. Gibt es in diesem Hotel eine Bestimmung, die es einem Vater verbietet, mit seiner Tochter in einem Zimmer zu übernachten?«

»Keineswegs, Monsieur. Ich hatte nicht die Absicht, Ihnen Ungelegenheiten zu bereiten.«

»Aber Sie haben gedacht, meine Tochter sei eine Nutte.«

»Ich bitte Sie! Nie würde ich wagen, so etwas zu denken.«

»Papa, in der Boutique haben sie eine Bluse, die ich so gern hätte«, warf die für meine soeben entstandene Vaterschaft Verantwortliche ein.

»Kauf sie dir, und lass sie auf die Rechnung setzen«, sagte ich und reichte ihr den Zimmerschlüssel.

Meine Begleiterin war dreiundzwanzig Jahre alt, beurkundet auf einem Ausweis, der sie mit dem düsteren Gesichtsausdruck der Mädchen zeigte, die in den Vororten aufgewachsen sind. Ein paar Monate Schauspielausbildung hätten aus ihr vielleicht eine richtig tolle Frau gemacht. Sie bewies Talent dafür. Sie fragte mich, ob wir uns ein paar Sandwiches aufs Zimmer kommen lassen könnten, und stattdessen bestellte ich Hummer mit amerikanischem Dip; sie setzte sich auf meine Beine, nagte an meinen Ohren und flüsterte mir zu, ich solle den Champagner nicht vergessen.

Zehn Minuten später hatte sie das Zimmer für sich in Besitz genommen und betrachtete vergnügt ihren nackten Körper, der von sämtlichen Spiegeln zurückgeworfen wurde. Als der Zimmerkellner an die Tür klopfte, raffte sie ihre Kleider zusammen und verschwand im Bad. Die Kleine hatte Klasse. Hoffentlich kam einmal ein Typ, der sie zu einer Frau machte.

»Du hast ja nichts gegessen. Hast du keinen Hunger?«, fragte sie mit ihrem kleinen roten Mund. »Nein. Hummer isst man auch nicht aus Hunger, sondern mit Appetit.«

»Klar. Die Armen essen aus Hunger, und die Reichen essen mit Appetit.«

»Aus welchem Vorort bist du?«

»Aus Créteil. Trinkt man Champagner aus Durst?«

Im Bett war sie unmöglich. Sie bewegte ihre Hüften kaum merklich, und das auch nur, damit der Kunde schneller kam. Aber sie simulierte ganz hübsch ihre Orgasmen und begleitete sie mit kleinen sinnlichen Schreien.

»Was machst du beruflich?«, fragte sie, während sie mir die Brusthaare kraulte.

»Ich bringe Männer um. Ich bin ein Mörder. Ein Killer.«

»Wie Leon? Hast du den Film gesehen?«

»Ja. Wie Leon. Aber ich bin nicht so blöd wie er.«

Sie schlief mit dem Arm über meiner Brust ein, und dann sprach ich zu ihr, als wäre sie meine Braut. Ich sagte ihr, dass ich ihr verzeihen würde, dass ich sie nach meinem letzten Auftrag in Mexiko holen würde und wir dann gemeinsam zurückkehren und am Meer leben würden, weit fort vom Tod.

Der Tod und seine Mariachis

Nachdem mich die Concorde mit doppelter Schallgeschwindigkeit nach New York gebracht hatte, war der Weiterflug nach Mexiko, D. F., ungefähr so aufregend wie eine Eisenbahnfahrt.

»Und? Wo willst du beginnen?«, fragte aus dem Spiegel der Typ, der die gleiche Jacke trug wie ich. »Ich werde mir ein Schießeisen besorgen«, antwortete ich.

Er ließ nicht locker. »Eine fünfundvierziger Browning?«

»Ich glaube nicht, dass ich wählerisch sein kann. Aber ich werde schon was Anständiges finden«, versicherte ich ihm.

»Viel Glück, Rentner«, wünschte mir der Bekannte.

»Ich lasse den Koffer im Schließfach. Kümmere dich darum«, verabschiedete ich mich.

Der Taxifahrer, der mich vom Flughafen zur Zona Rosa brachte, war ein Profi im Erteilen guter Ratschläge. Er riet mir, wie ein Asket zu leben, nicht zu essen und nicht zu trinken, weil die Regierung Lebensmittel und Getränke vergiftet habe, damit die Leute was hatten, worum sie sich sorgen konnten, und nicht länger über die Inflation gesprochen wurde.

»Das ist wie in England, Chef. Damit sie dort aufhörten, über Prinz Charles und seine Geliebte, Lady Tampax, über die dürre Di und die kleinen Prinzen zu tratschen, hat die blöde Alte, die Königin, befohlen, die Rinder in den Wahnsinn zu treiben.«

Die Zona Rosa ist wie ein großer Supermarkt für Schießeisen. Ich unternahm einen Spaziergang durch das Viertel, um mir das Waffenarsenal anzusehen, das die Wachmänner der verschiedenen Sicherheitsunternehmen dort zur Schau tragen. Mir gefiel ein achtunddreißiger Colt, der aus dem

Halfter eines mageren Männchens am Eingang von Sanborn's ragte. Ich faltete sorgfältig einen Hundertpesoschein zusammen und ging zu ihm.

»Entschuldigen Sie, aber ich brauche Ihre Hilfe«, sagte ich und steckte den Schein in seine Hemdtasche.

»Womit kann ich Ihnen dienen?«, fragte er und tat, als habe er nichts bemerkt.

»In der Toilette ist ein Stricher. Ich war pinkeln, und er hat mich betatscht. Das kann sich ein Mann doch nicht bieten lassen. Wie wäre es, wenn Sie ihm einen ordentlichen Schrecken einjagten?«

»Klar, werfen wir den Stricher raus«, sagte er und warf sich in die Brust.

»Wir müssen aber diskret vorgehen, er ist nämlich der Sohn eines Freundes und stammt außerdem aus gutem Haus. Ich gehe vor, spreche mit ihm, und dann kommen Sie und machen ihm richtig die Hölle heiß.«

»Keine Sorge. Ich folge Ihnen. Sehen wir uns den Burschen mal an.«

Auf der Herrentoilette standen zwei Männer und urinierten. Sie fluchten, als ich ihnen das Kärtchen mit der Aufschrift *Säuberungsdienst, wir bitten die Störung zu entschuldigen* vor die Nase hielt. Als sie sich erleichtert hatten, gingen sie hinaus, und ich hängte das Kärtchen an die Tür.

Gleich darauf schloss ich die Kabinentüren in der Toilette und wartete. Ein paar Minuten später kam der Wachmann.

»Er ist da drinnen. Er schämt sich wohl«, sagte ich und wies auf eine der Türen.

»Na los, Junge. Komm raus, dir wird schon nichts passieren«, versicherte der Wachmann und näherte sich der Tür.

Ich nutzte aus, dass er mir den Rücken zuwandte, stieß seinen Kopf gegen die Trennmauer und vervollständigte die Arbeit mit zwei Nackenschlägen. Er war ziemlich leicht, und es kostete mich keine große Mühe, ihn auf die Kloschüssel zu setzen. Der Colt sah makellos aus, und die zwölf Reservepatronen glitten rasch in meine Jackentasche.

Bewaffnet verließ ich die Zona Rosa und ging zum Restaurant Sanborn's in der Avenida de los Insurgentes. Ich hatte keinen besonderen Grund, diesen Ort aufzusuchen, doch erinnerte ich mich, dass mein Mann auf einer der Fotografien am Buchladen El Péndulo vorbeiging, der ganz in der Nähe lag, in der Colonia Condesa. Und ich erinnerte mich, dass er auf einem anderen Foto in der Tür eines Hauses stand, über der ein Schild hing, auf dem nur das Wort *Leben* zu sehen gewesen war. Ich trank ein Bier und wartete auf eine Eingebung.

»Leben«. Colonia Condesa. NGO. Colonia Condesa; ein Viertel, das von Künstlern bevorzugt wurde, von kleinbürgerlichen Intellektuellen und Progressiven und in dem sich – warum nicht? – der Sitz einer NGO befand, in deren Namen das Wort »Leben« vorkam. Ich musste eine heufarbene Nadel in einem Heuhaufen finden.

In der Avenida Baja California fand ich ein Hotel mit einem vielversprechenden Namen: El Triunfo. Ich nahm mir ein Zimmer und bat um eine Ausgabe dieser riesigen Enzyklopädie, an die das Telefonbuch von Mexiko, D. F., erinnert. Um fünf Uhr morgens, nachdem ich literweise Coca-Cola getrunken, fünf Schachteln Zigaretten geraucht und Hunderte Namen von Firmen und Organisationen gelesen hatte, die mit dem Wort »Leben« endeten, fand ich, was ich suchte: *Gemeinnützige Stiftung Pro-Leben, Atlixco / Alfonso Reyes, Colonia Condesa.* Der Fund regte mein Gehirn an, und ich spielte mit den Kombinationen, die den Namen mit dem in Verbindung brachten, was ich von meinem potenziellen Opfer wusste: Istanbul, Kongress, Großstädte, gemeinnützige Stiftung, das Zuwanderungsproblem, Pro-Leben. »Bingo!«, hörte ich mich sagen, als ich meine Jacke anzog und die Trommel der Achtunddreißiger überprüfte.

Die Hoteltür war mit einer dicken Kette gesichert, und es kostete mich einiges, den Nachtportier zu wecken.

»Aber nein. Ich kann Sie um diese Zeit nicht auf die Straße lassen. Es ist viel zu früh, und die von der Politischen Polizei laufen noch frei herum. Die rauben Sie aus bis aufs Hemd. Warten Sie lieber bis um sechs. Kommen Sie; Sie spendieren ein Bier, und ich lade Sie zu den *quesadillas* ein, die meine Alte mir gebacken hat.«

Während ich ein Corona öffnete, war ich dem Mann für seine Vernunft dankbar. Ich hatte vergessen, dass Mexico City eine Stadt ist, die in den Stunden der Dunkelheit den Gangstern von der Politischen Polizei gehört. Wir tranken Bier und aßen seine zwar kalten, aber köstlichen *quesadillas*, und beim ersten Licht des Tages trat ich auf die Straße.

Ich erkannte das Haus auf den ersten Blick. Es war dasselbe, das ich auf der Fotografie gesehen hatte. Fehlte nur noch mein Mann vor der Tür. Dem Haus gegenüber, auf der anderen Seite der Rambla de Alfonso Reyes, stand eine Kirche. Zum Glück öffnen die mexikanischen Tempel ihrer Kundschaft schon früh die Tore. Ich ging hinein. Die Kirche war so gut wie leer, und ich kam ohne Schwierigkeiten ungesehen zu der Tür,

hinter der die Treppen zum Glockenturm hinauf-
führten. Die Stufen waren mit einer dicken Staub-
schicht bedeckt; ein Zeichen dafür, dass schon
lange niemand mehr nach oben gestiegen war.

Allmählich begann sich die Straße mit Leben zu
füllen. Ein Blumenladen öffnete dem beginnen-
den Tag seine Farben. An einem Kiosk wurden
Zeitungen und Illustrierte ausgehängt. Ein junger
Mann betrat das observierte Haus und kam nicht
mehr heraus. Später gingen zwei Mädchen hinein,
die ich nach einer halben Stunde wieder heraus-
kommen sah. Der Briefträger klingelte, der junge
Mann öffnete und nahm die Post entgegen.

Die Stunden verflossen langsam. Ich hielt meine
ganze Aufmerksamkeit auf das Haus gerichtet,
doch zuweilen schob sich das Bild meiner Braut
dazwischen, wie sie über die Rambla schlenderte.
Was würde ich tun, wenn ich sie sähe? Würde ich
hinuntergehen und sie ansprechen? War sie überhaupt in Mexico City oder in Veracruz, oder saß
sie in einer Maschine nach Paris?

Um zwei Uhr nachmittags hielt ein Pizzalieferant vor dem Haus. Er übergab drei Schachteln. Drei. Und ich hatte nur den jungen Mann eintreten sehen. Wer waren die anderen beiden Esser?

Als es vier vorbei war, kämpfte ich gegen den Schlaf und war dankbar für das dumpfe Grollen am Himmel, das ein von Norden heraufziehendes Gewitter ankündigte. Schwarze Wolken verdunkelten die Straße in kürzester Zeit, und gleich darauf brach das Unwetter los. Ich sah den Jungen aus dem Gebäude rennen. Er lief zum Supermarkt auf der Ecke Atlixco, und wenige Minuten später kam er mit zwei Stangen Zigaretten wieder heraus. Von meinem Beobachtungsposten aus konnte ich den Schriftzug der Marke Chesterfield erkennen und dachte wieder an meine Braut, die diese Zigaretten rauchte.

Um acht Uhr abends regnete es immer noch. Ich war vollkommen durchnässt und zitterte wie ein Hund. Ich hielt mich wach, indem ich die Patronen von einer Tasche in die andere gleiten ließ wie die Perlen eines Rosenkranzes. Wieder ging die Tür auf. Und wieder war es der Junge. Er wollte die Tür hinter sich zuziehen, wandte sich aber noch einmal um, und obwohl ich nicht hören konnte, was er sagte, war doch offensichtlich, dass er mit jemandem im Haus sprach. Dann drehte er den Schlüssel zweimal um und hastete durch den Regen davon.

Ich beschloss, nach unten zu gehen, und kam gerade rechtzeitig, um einen alten Mann daran zu hindern, mir die Kirchentür vor der Nase zuzuschließen.

»Ich habe Sie gar nicht bemerkt. Um ein Haar wären Sie hier bis morgen eingesperrt geblieben.«

Das Gewitter wurde heftiger. Auf den Straßen war keine Menschenseele mehr, und plötzlich, nach einer Reihe von Blitzen, ging die Straßenbeleuchtung aus.

Vor dem Haus blieb ich stehen. Ich nahm den Colt in die rechte Faust, wartete auf den nächsten Blitz und warf mich gegen die Tür.

Im Haus war es dunkel, nur am Ende des Korridors war schwacher Lichtschein zu sehen. An die Wand gedrückt kam ich an zwei Räumen vorbei, die als Büros dienten, danach kam eine Küche. Ich spannte den Hahn meiner Waffe und trat die letzte Tür ein.

Meine französische Braut riss ihre in Tränen gebadeten Augen auf und wollte sich von der Matratze erheben, auf der sie saß, doch als sie den Revolver sah, riss sie nur ihren kleinen roten Mund auf. Das Licht einer Kerze, die den Raum erhellte, spiegelte sich auf ihren Wangen.

Neben ihr lag der Mann, den ich töten sollte. Er zitterte und schwitzte und war bleich wie ein Laken. Dem Typ galoppierte die gesamte Siebte Kavallerie durch die Adern. Er sah mich an und schloss die Augen, gab mir damit zu verstehen, dass er die Situation begriff.

»Die Kleine da … tu ihr nichts … Sie ist eine Französin … die zufällig da hineingeraten ist«, sagte der Typ.

»Ich wollte zurückkommen, aber ich konnte ihn doch so nicht allein lassen. Sieh nur, was sie mit ihm gemacht haben«, schluchzte meine französische Braut.

»Ihr kennt euch …? Dann bist du …?« Er brachte den Satz nicht zu Ende, weil ein Krampf ihn schüttelte – die typische Entzugserscheinung – und seine Zunge ihm nicht mehr gehorchte.

»Die Welt ist klein, verdammt klein«, entgegnete ich.

»Er kam gestern von einer Reise zurück«, sagte, immer noch schluchzend, meine französische Braut. »Ich kam her, um ihm Lebewohl zu sagen, als plötzlich die Männer auftauchten und ihm etwas gespritzt haben. Er braucht einen Arzt, aber er will nicht, dass ich einen rufe.«

»Die von der DEA, richtig?«

»Diese Dreckskerle … Glauben, ich hätte sie in Istanbul reinlegen wollen … Haben mir die fünffache Dosis verpasst … gestern … als Warnung …«

»Was ist die DEA? Warum sprecht ihr, als würdet ihr euch kennen? Ich verstehe nichts mehr! Gar nichts! Hol mich hier raus! Ich will nach Paris, ich will nach Hause!«, kreischte meine arme französische Braut.

»Nun, du weißt, warum ich hier bin. Vorher will ich aber noch wissen, warum du das tust. Warum pumpst du billiges gutes Rauschgift in die USA?«

»Weil ich sie hasse ... Die Gringos muss man ... muss man im eigenen Land verrotten lassen ... Sie wollen Heroin ...? Gut, ich gebe ihnen Heroin ... fast umsonst ... Sollen sie sich selbst fertigmachen ... Das ist die einzige Chance für uns Lateinamerikaner, die einzige Chance, verstehst du ...? Für jeden Grenzgänger ... jeden Mexikaner ... den sie an ihrer Grenze demütigen ... mache ich ... mache ich ein paar von ihnen fertig, verstehst du ...?«

»Adiós, Menschenfreund«, sagte ich und steckte ihm den Lauf in den Mund.

Die Detonation war kurz und trocken. So bellen achtunddreißiger Colts. Meine arme französische Braut hatte die Augen weit aufgerissen und zitterte am ganzen Leib. Ich schlang meine

Arme um sie und verfluchte die verfluchten Fallen des Lebens.

»Hol mich hier raus«, wimmerte sie an meiner Brust.

»Sicher, meine Liebste«, flüsterte ich in ihr Ohr, bevor ich unter ihrer herrlichen linken Brust abdrückte.

Ja, es stimmte, ich liebte sie, aber anders konnte ich bei diesem letzten Auftrag nicht handeln. Ich war ein Killer, ein Profi, und Profis halten Arbeit und Gefühl streng auseinander.

Bevor ich das Haus verließ, ging ich in die Küche und drehte sämtliche Gashähne auf.

Als ich in der Avenida Tamaulipas in ein Taxi stieg, hörte ich die Explosion.

»Was war das, Chef?«, fragte der Fahrer.

»Das Gewitter. Was sonst?«

»Stört Sie die Musik?«

»Nein, lassen Sie sie an.«

Erst jetzt merkte ich, dass aus dem Radio die Verse jener *ranchera* erklangen, in denen es heißt:

... sie wollte bleiben,
als sie sah, wie traurig ich war,
doch es stand geschrieben,
dass ich ihre Liebe
in jener Nacht verlieren würde ...

Luis Sepúlveda

Luis Sepúlveda, geboren 1949 in Ovalle, Chile, wurde wegen seiner politischen Aktivitäten gegen das Militärregime unter Pinochet mehrmals zu langen Haftstrafen verurteilt. Auf Druck internationaler Organisationen wurden sie in Hausarrest oder Exil umgewandelt, aber der gelernte Bühnentechniker bevorzugte die Flucht oder das Leben im Untergrund und gründete Theatergruppen in mehreren lateinamerikanischen Ländern. Nachdem Deutschland ihm 1980 Asyl gewährt hatte, lebte er zehn Jahre lang in Hamburg und arbeitete als LKW-Fahrer und als Journalist, u. a. für den *Spiegel*. Eine Zeit lang war er auch als Walschützer auf einem Greenpeace-Schiff tätig. Von 1996 bis zu seinem Tod am 16. April 2020 lebte Luis Sepúlveda im spanischen Gijón. Sein Weltbestseller *Der Alte, der Liebesromane las* ist im Kampa Verlag in Vorbereitung.

KAMPA VERLAG

Dan Kavanagh
Duffy

Aus dem Englischen von Willi Winkler

Das nicht ganz so swinging London und
»eine der originellsten Krimifiguren, die es je gab«
(*Tages-Anzeiger*, Zürich)

Früher war Duffy bei der Sitte in West Central London und ziemlich erfolgreich. Jetzt ist er selbsternannter Sicherheitsexperte, dabei wurde bei ihm schon zweimal eingebrochen. Wenn Duffy Geld braucht, und Geld braucht er immer, arbeitet er als Privatdetektiv. Seine Methoden sind unkonventionell, und er selbst ist es auch. Nicht nur, weil er sich nicht entscheiden kann, ob sein Herz nun für Frauen oder Männer schlägt. Egal, wer bei ihm übernachtet, Uhren müssen schalldicht verpackt werden, denn er reagiert phobisch auf das Ticken.

Sein erster richtiger Fall führt Duffy 1979 nach Soho. Gentrifiziert ist hier noch gar nichts: Zwischen Schwulenbars und Striptease-Schuppen trifft er auf Gangsterboss Big Eddy, der Duffys Vergangenheit sehr gut kennt. Viel zu gut …

»Aufregend, lustig und frech.«
Martin Amis